그대 있는 곳에 빛이

그대 있는 곳에 빛이

초판인쇄 2024년 12월 25일
초판발행 2024년 12월 25일
지은이 이현숙
펴낸이 이해경
펴낸곳 (주)문화앤피플뉴스
등록번호 제2024-000036호
주소 서울 중구 충무로2길 16, 4층 403호 (충무로4가, 동영빌딩)
대표전화 02)3295-3335
팩스 02)3295-3336
이메일 cnpnews@naver.com
홈페이지 cnpnews.co.kr

정 가 13,000원
ISBN 979-11-989877-4-7(03810)

그대 있는 곳에 빛이

이현숙 시집

문화앤피플

시집을 출간하며

　찬 바람이 옷깃을 스치는 겨울, 차가운 계절 속에서도 마음을 따뜻하게 채우는 순간들이 있다. 한 해를 마무리하는 이 시기에 첫 시집『그대 있는 곳에 빛이』를 세상에 내놓게 되어 그 감회가 한층 더 깊고 특별하다.

　초등학교 시절, 선생님께서 일기장을 펼쳐보시며 "참 잘 썼다"며 동그라미 다섯 개를 그려주셨던 기억이 문득 떠오른다. 그때 어머니께서 그 모습을 보시며 환하게 웃으시던 얼굴이 아직도 눈에 선하다. 선생님과 어머니의 작은 격려가 어린 마음에 얼마나 큰 용기와 기쁨을 주었는지, 그 추억을 떠올리니 절로 눈물이 핑 돈다.
　그리고 오랜 시간이 흐른 지금, 마침내 그 시절의 꿈을 되살려 첫 시집을 세상에 내놓게 되었다. 일상을 살아가며 느낀 현실과 추억, 사람들과의 관계 속에서 얻은 깨달음들을 글로 옮기며, 존재의 의미와 가치를 스스로 탐구하는 시간이 제게는 큰 위로와 배움의 시간이었다. 한편 한편 글을 써 내려가며 때로는 울컥하는 감정에 눈물을 흘리기도 하고, 어떤 날은 마음 깊은 곳에서부터 차오르는 기쁨을 느끼기도 했다.

이 시집이 세상에 나오기까지 정말 많은 분들의 도움과 격려가 있었다. 먼저 출간의 과정을 차근차근 이끌어주고 따뜻한 마음으로 지지해 준 '문화앤피플' 신문·출판사 대표 이해경 시인과 여섯 편의 시詩를 게재하며 응원을 아끼지 않은 박하영 시인께 고마움과 감사를 전한다. 또한, 지도해 주신 여러 교수님들과 문우님들의 응원도 잊을 수가 없다. 이 모든 분들의 따뜻한 손길과 마음이 없었다면 이 시집은 존재하지 않았을 것이다.

이번 시집 『그대 있는 곳에 빛이』은 저에게 끝이 아닌 또 하나의 새로운 시작이다. 앞으로도 읽고 쓰는 일에 더 많은 시간과 마음을 쏟으며, 글을 통해 더 나은 사람이 되고 싶다. 제가 경험한 소중한 순간들과 느낀 감정들이 누군가에게도 작은 위로와 공감이 되기를 소망한다.

이 기쁨과 영광을 하나님께 올려드리며, 항상 곁에서 응원해 주시는 소중한 지인들과 함께 나누고 싶다. 앞으로도 따뜻한 시선으로 지켜봐 주시기를 부탁드리며, 마음 깊은 곳에서 우러나오는 감사의 인사를 전한다.

2024년 겨울
이 현 숙

목차

제2부 나는 요리사

제3부 세상에서 제일 귀한 사랑

박하영 동참시

제1부
강남 스타일

자연인처럼

자연스레 그렇게 살아요
물 흐르는 대로
구름처럼 정처 없이 흘러가세요

더 많은 사람을 위해
내 몸의 악함을 빼고
내 몸의 선함을 키우세요
그래야 순수한 삶이 되지요
그렇게 구름처럼 흘려 보세요

흐르는 물처럼 자연스럽게 살아요
선한 마음으로 그렇게 살아요
세상의 욕심을 버리고
지금 사는 대로, 선한 마음으로
그렇게 살아가 보세요

강남스타일

세상이 온통 들썩들썩, 강남 스타~일
고사리손에 가방 들고 학교 가는 길
동네를 지나 산길 넘어
한강에서 불어오던 바람은
왜 그리도 차갑던지

봄 여름 가을 겨울이 흐를수록
향기로운 바람, 시원한 바람 그리고 칼바람
아, 그 시절은 꿈이었을까

인생은 극과 극이라 했던가
수십 년이 지난 지금
강남 천지는 빌딩이 하늘을 찌르고
사방을 둘러봐도
할머니 손 잡고 걷던 그곳은 어디에도 없다

수많은 차들이 물결처럼 스치고 지나가는데
이 모든 것이
내가 어릴 적 살던 곳
나의 고향, 강남이 만들어 낸
강남 스타~일

세상 사는 법을 몰랐네

전철역 근처
고즈넉한 주택가
빈 택시가 자주 지나가는데
이 동네는 부촌이라
노약자들이 많이 이용하겠지

한 손엔 지팡이를 짚고
다른 손엔 시장꾸러미를 든 채
어르신이 다가오는데
예약 빈 택시가 옆에 서더니
젊은 손님들을 태운 채
쏜살같이 떠나버린다
아차

예약 택시는
젊은이들이 타는 거구나
세상은 이렇게 흘러가고 있구나
살기 좋은 세상이 오는 걸까
나는
이렇게 세상 사는 법을 몰랐네

서울은 공해 섞인 갈바람

고즈넉한 주택가
담장 너머
잘 익은 대추가 주렁주렁 매달려
가을의 풍성함을 전한다

하지만 이쪽 길옆
대추나무는 이파리가 시들시들
대추는 익기도 전에
지레 쭈글쭈글 말라버렸다

갈바람이 그렇게도 매섭게 불었을까
아니면
이 골목에선
공해 섞인 바람이 더욱 거칠게 불었나 보다

그래도 갈바람
억세다 탓하지 말아야지
서울의 바람이란 늘 그렇듯
안고 살아가야 할 일상의 한 조각이니까

이현숙 17

지하철

전철의 노약자석에 앉으려 할 때
젊은 외국인 여자가 그 자리를 차지하고 있다
황당하다. 어떻게 해야 할까
노약자석의 그림표가 눈에 띈다

외국인 여자 앞에서 그림표를 보여주니
말은 통하지 않았지만
내 표정을 보고 그림을 본 그녀가
이해했는지
미안한 표정으로 쏘옥 웃으며
"쏘리쏘리" 하며 자리에서 일어난다

"미안합니다"
인사를 건네고 가버린다
한국에 와줘서 고맙다
많은 문화도 배워가렴

지하철 밖으로 나와
햇빛이 강하게 비춰오면
난민촌 사람들도
이 행복을 함께 느끼며
살았으면 좋겠다

그리운 옛날이여

만물이 풍성히 익어가는 가을
산과 들에서는
큰 잔치가 벌어진다
이름 모를 야생화가 만발하고

상수리나무에서는
"나, 다 익었어요"
뚝뚝 상수리가 떨어진다

뒷동산 밤나무엔
밤송이들이 입을 쩍쩍 벌리고
의좋은 3형제 밤톨들이
탐스러운 알밤으로 익어간다

긴 장대로 툭툭 쳐서 떨어지는
알밤을 주우며
올가을도 풍성함을 누린다

한들한들 코스모스 한 움큼 꺾어 들고
산길을 내려오며
콧노래를 흥얼거리던 그 시절

늘 가을의 풍요 속에서
웃고 노래하며 살았던
내 젊은 날들
그 시절이
그 한없이 행복했던 날들이
문득, 너무도 그립다

늘 풍성한 가을 속에서
콧노래 부르며 그렇게 살았었다
내 젊은 날들
그 시절이 한없이 그립다

로맨틱한 가을

맑고 높고 푸른 가을 하늘
청명한 가을의 어느 날
선릉역 사거리에 늘어선
노란 은행나무 거리

이 멋진 거리에
오색 단풍이 가로등 불빛과 어우러져
더 멋진 가을을 노래하네

이 능선 모퉁이를
사랑하는 사람과 함께 걷고 싶다
낙엽이 떨어지는 쓸쓸한 가을이 아니라
로맨틱한 향기가 넘치는
행복한 가을날을
풍성한 마음을 나누고 싶다

이 멋진 가을을
사랑할 사람
어디서 만나지

나팔꽃 사랑

밤새 내린
영롱한 이슬을 흠뻑 머금고
활짝 피어난 나팔꽃들

지난 가을
예쁜 나팔꽃 씨를 따다가
울타리 아래 심었더니
화려하고 아름답게
수놓은 꽃들이 활짝 피어
아침이 무척 상쾌하다

나팔꽃은 아침에 피고
저녁이면 진다지만
너는 참으로 화려하고 멋지구나

그래서 말이야
가을이 다 가는 그날까지
언제나 활짝 피어
내 마음을 밝혀주길
간절히 바란다

세월아 네월아

세월아! 네월아
어디로 그렇게 흐르는 게냐

강물이 소리 없이 흘러가니
너도 그 흐름을 따라가는 것이냐

인생사, 새옹지마라 했던가
세월이 나를 붙잡고
흘러 흘러 황혼까지 데려왔다

이제는 새옹지마의 자락을 잡고
세월 따라 걸어가 보련다
인생의 강물 위
천천히 흘러가며

예쁜 하늘

눈부시게 청량한 초여름의 하늘
맑고 파란 하늘에 떠 있는
솜털 구름 한 조각

초여름
영롱하게 빛나는 파란 하늘
이리도 하늘색이
아름다울 수 있을까

저 영롱한 파란 하늘을
어떻게 그려볼까
어떻게 마음에 담아 간직할 수 있을까
내 마음도 맑고

청량한 파란 하늘을
곱게 간직하고 싶다
시원한 바람과
길게 늘어선 그늘 아래서

나의 기도

외로움일까요
서러움일까요
왜 이렇게
울컥 설움이 북받쳐 오를까요

외로움일까요
서러움일까요
서러운 일이 생길 때
상의할 사람 하나 없는 지금
누군가 내 옆에서
위로해줄 수 있다면...

이토록 서러워
몸부림치지는 않을 텐데
너무 외롭습니다
점점 나약해지는
내 자신이 두렵습니다

신이시여
부디 저를 도우소서
저를 사랑으로 감싸주소서
신이시여
저에게
힘과 용기를 주소서

가을 낙엽에 쓰는 편지

선릉 앞, 오색 단풍잎
카펫처럼 펼쳐진 작은 오솔길

찬 서리 머리에 이고
갈잎 위에 살포시 내려앉은
빨간 잠자리 한 쌍
그 모습을 바라보며
찬 서리 스치던 옛길을 떠올린다

꿈 많던 그 시절
오솔길을 걸으며 그렸던 미래는
어디로 사라졌을까
덧없이 스쳐 가는 세월 앞에
마음이 문득 아릿하다

예쁜 단풍잎 하나 주워
그리웠노라 마음을 담아
아련히 떠오르는 그에게
편지를 써서 보내볼까

쓸쓸한 가을
이 그리운 마음을 전하고 싶다
누가 내 편지를 전해줄까
스산히 부는 갈바람이 될까
아니면 따스한 먼 곳으로 떠나는
철새들에게 부탁해볼까

훈풍이 불 때까지

무성한 나무
이별할 시간이 다가왔는지
몸에 달린 잎을
한 잎, 두 잎 떼어내며
수없이 많은 이별을 겪더니
이제는 벌거숭이가 된 나무들

자기 분신을
다 떠나보내고
외로움 속에
어떻게 지낼까

눈보라 치는 겨울을
잘 견딜 수 있을까

따뜻한 훈풍이 다시 불어오길
기다려야지
그래야만
푸르른 멋진 옷을 다시 입을 수 있겠지

살맛 나는 세상

어떻게 살아야
잘 사는 걸까
많은 이들이
자기 욕심만을 채우며 살아가지만
나는 욕심을 내려놓기로 한다

배불리 먹는 대신
남긴 것을 부족한 이들과 나누고
비록 내 생활도 넉넉하지 않지만
쪼개고 쪼개어 함께 나누기로 한다

그렇게 나눠준 마음이
누군가의 입술에서
"감사합니다 고맙습니다"로 돌아올 때
그 순간이 바로
살맛 나는 세상이 아닐까

이 세상
맛있게 살다 가자
모두가 어우러져
흥겨운 웃음이 넘치는
살맛 나는 세상을 함께 만들어가자

해피하세요

병상에서
건강이 충만했던 젊은 날을 회상해본다
그 젊은 세월은 어디 갔을까
이뤄놓은 것 하나 없는 허무한 세월
그 젊은 세월이 나를 버린 걸까

진실되게 성실하게 살아왔노라
나는 모범생이라 떳떳함이 충만했었다
지금, 병실에 며칠째 입원 중이다

집 떠난 생활, 외로움이 밀려온다
서러움이 왈칵 쏟아진다
지난날을 뒤돌아본다
내가 무슨 죄를 지어 이런 아픔을 겪게 되었을까

이제는 아픔과 고통, 외로움을 모두 이기고
힘찬 해돋이의 에너지를 받아
두 팔을 벌려 마음껏 햇살을 안고

활짝 핀 무궁화꽃
아침 이슬 듬뿍 머금은
싱그러움이 나를 보고 윙크한다

힘내세요
해피하세요
사랑하세요

내가 사는 정다운 집

나지막한 언덕을 천천히 오르면
푸르른 나무 사이
무궁화 꽃이 곱게 핀
단정한 건물, 정다운 집이 보인다

인생의 희로애락을
한 줄 한 줄 글로 써내려가며
마음을 다해 살아야겠다고 다짐해 본다

좋은 인연으로
이곳에 살게 된 것이 얼마나 다행인가
오랜 세월 감사와 기쁨으로 채워진 곳

문 앞 화단에는
나리꽃이 환히 피어
하나님의 마음 같은 향기를 내뿜는다
정에 꽃을 더하니 얼마나 아름다운 향기로울까

기도 소리처럼 스며드는
사람의 따뜻한 향기
어디에 살든
이곳 정다운 집에서의 시간은
영원히 내 가슴에 남으리라

이곳으로 인연을 맺어주신
임이시여, 감사합니다 사랑합니다
또 한 번 새봄을 이곳에서 맞을 수 있기를
가슴 깊이 기도합니다

가슴 시린 밤

찬 바람이 싸늘히 불어오는
깊은 가을밤
가을을 참 좋아했지만
낙엽은 우수수 떨어지고
문틈에 부딪히는 찬바람 소리가
가슴을 더 시리게 한다

추위가 스쳐가면
나는 어찌하란 말인가
아픈 몸과 마음으로도
희망찬 하루를 그려보려 하는데
싸늘한 가을바람은
나를 돕지 않는구나

깊은 가을밤
쓸쓸하고 외로움이 밀려오지만
이 계절이 풍성하다고들 하지

그래, 감성이 넘치는 계절이라면
목청껏 가을 노래를 불러
이 외로움을 날려 보낼 수 있을까

제3부

나는 요리사

낙엽 거리에서

색색으로 갈아입고
이별 노래 부르며
사뿐히 내려와
말없이 누워있는 좁은 골목길

젊은 연인들
낙엽 거리에서
손잡고 사랑 노래 부르며
입가에 미소 그칠 줄 모르고

오래오래 간직하고파
셀카
찰칵 찰칵 찰칵

나는 요리사

프라이팬에서 고기는 지지직, 지지직
냄비 속 찌개는 보글보글
이 맛있는 음식을
누가 먹을까
맛있게 먹으며 행복해했으면 좋겠다

허기진 몸에 골고루 영양을 채우고
활기차고 건강한 하루를 보내길 바라며
내가 사랑하는 사람들에게
정성을 담아 음식을 만든다

옛날 마당에 멍석을 깔고
온 동네 사람들이 모여
잔칫상을 맛있게 먹던 그 시절

"잘 먹었습니다

베풀어 주셔서 감사합니다"

정겹게 인사하며 돌아가던

사람 냄새 가득했던 우리의 시간들

그 따스함이

참으로 그립다

지금도 많은 사람을 위해

음식을 만들고

그들이 행복해하는 모습을 볼 수 있을까

지글지글 끓이고 볶으며

볶고 끓이고 또 볶으며

오늘도 나는 요리사

울엄마

예쁜 울 엄마
지금 살아 계셨다면
90살이 훨씬 넘었을 텐데...

우리 집 뒷동산 잔디밭에서
흰 저고리에 까만 벨벳 치마를 입고
단아한 모습으로 찍힌 독사진 한 장

아버지 가방 속에 고이 간직된
엄마의 멋진 독사진 한 장
아버지는 엄마가 그리울 때마
다몰래 꺼내 보았을 엄마의 얼굴

나 또한 반백이 넘었어도
엄마가 항상 그리워요
울엄마가 지금까지 살아 계셨다면
얼마나 좋을까

울엄마 안고 두둥실 춤을 추며
끝없이
한없이
효도할 텐데

항상 그리운 울엄마

청춘들의 표효

서울의 밤거리는 황홀하다
왠지 설레인다
손에 손을 잡고 가는 청춘들
한없이 행복하여라

강남역 사거리
네온사인의 화려함과
청춘들의 건강한 향기가 어우러진다

오늘도 내일도
세계로 뻗어가는
무한한 빛을 발하는 힘 있는
청춘들이여라

청춘들이여
세상은 그대들의 것이니
마음껏 뻗어나가
세상을 향해 힘껏 포효하라

행복하세요

"행복하세요" 귀에 반짝 들어온다
누가 나에게 이런 말을 할까 뒤돌아본다
전철표를 찍고 나오는데
"행복하세요" 순간 감사함이 밀려온다

사람이 직접 한 소리는 아니지만
기계음이라도 좋다
어느 누가 나에게
이렇게 사랑스러운 말을 할까
순간, 너무 좋다

우리 사회가 누구를 만나든 인사하듯
"행복하세요 행복하세요"
메마른 세상에서 내가 들은 소리
"행복하세요" 정말 감사하다

행복 한 움큼 받고 가는 것 같다

함께 갑시다

뜨거운 햇빛이 지나고서야
가을이 온 줄 알았습니다
높고 푸른 청명한 가을 하늘에
붓으로 크게 쌍무지개를 그려보고 싶습니다

담장 넘어 저 언덕엔
밤나무가 입 벌린 밤송이로 가득하고
빨갛게 익은 대추는 탐스럽게
살랑살랑 뽐내고 있습니다

누렇게 익은 황금 들판은
온 천지가 농부들의 수고와 땀방울에
감사하며, 잘 익은 곡식들이
고개 숙여 인사합니다

이 세상에 태어난 나는
참 복 많이 받았습니다
봄 여름 가을 겨울
모두 내가 사는 곳입니다

임들이시여
길이길이 건강하고 행복하게
함께 갑시다

빨래 한 날

마음이 우울할 때
뭐 할까
통에 빨래를 담고 비누를 풀어
억척스럽게 문질러 대며 빨래를 하니
빨래가 뽀얗게 변하네
우울했던 마음이
상큼하게 풀어지기 시작한다
콧노래가 절로 흥얼흥얼

빨래가 끝나니
내 마음도 우울함이 없어지고 개운하다
빨래하느라 힘은 들었지만
우울한 스트레스는 모두 풀렸다

오늘은 기분 좋은 하루가 됐다
꽃이나 사러 갈까

회 상

솔솔 내리는 가을
그때가 떠오른다
지나간 날을 회상하며
한 손엔 우산을 받쳐주고
다른 한 손은
내 손을 덥석 잡더니
자기 바바리 코트 주머니에 쑤욱
당황했지만
그 순간은 정말 상큼했던 지난날
내겐 그날이 행복한 봄날 같았다

솔솔 내리는 가을비가 그립다
또 한 번
그날이 오기를...

봄이 오는 길목

연초록 치맛자락
살랑이며 날아올 듯한 그임은
언제나 오시려나?

정월이라 들녘엔
아직도 흰 눈이 소복이 쌓여 있지만
새해가 밝았으니
동남풍이 나선다면
연녹빛 치맛자락이
온 들판을 포근히 감싸주겠지

그래야 들려오겠지
봄이 오는 소리

아직은 종달새도 울지 않고
흰 눈도 채 녹지 않은 이 길목
단장을 마친 봄아씨는
녹색 치마에 분홍 꼬까옷을 입고
얼른 와야 할 텐데

이곳저곳 기웃거리지 말고
졸졸 흐르는 얼음 녹는 물소리 따라
어서 서둘러 오려므나.

세월이 명약

세월이 약이라죠
생각할수록 마음이 조금 편안해진다
슬픔 고통 억울함
너무 가슴 아픈 순간들이 지나간다

세월이 약이라구
요가슴을 에였던 쓰라림을
모두 잊게 한다구요
세월이 지나면
모든 게 잊혀진다네요
지쳐서 상처만 남고 살아가는
그런 삶을 살아가겠죠.

황혼에 물든 인생
상처만 남을까요
아니면 영광도 함께 남을까요

세상살이하는 젊은이들에게
얼굴에 주름 가득한 늙은이가
마음에 상처뿐인 세월의 훈장을 남깁니다

역시 약은 좋습니다. 치료가 되니까
그래, 세월이 정말 명약이네요
세월이 진짜 명약이란 말이 맞네요

가을

갈바람이 분다
풍성한 초록 잎들이
갈색 옷으로 갈아입고
기다렸다는 듯
하나둘 떨어지더니
경주라도 하듯 우수수 흩어진다

찬서리가 내리기 전
앙상한 가지들만 남아
애처로워 보이고
서늘한 추위가
가슴 깊이 스며든다

머지않아
나목(裸木)이 된 나무들
혹독한 겨울을
어찌 견딜까.

재해 난민들의 삶을 떠올리니
그들의 고통처럼
가을이 더 쓰리게 느껴진다

팽! 변해버린 목소리

마음이 아프다
몹시 아프다 너무 아프다
차라리 이별이라고 말이라도 하지

하루에 2~3번씩 전화가 와서
통화를 했던 그 음성이
귓가에 깊이 젖어 있는데
연인의 이별 통화라면

순간 마음이 많이 아프겠지
다행히 연인은 아니지만
십여 년 간 친형제처럼 의지하며
지나온 사이
의심 없이 마음을 의지했기에
마음이 몹시 아리다

이유도 모른 채
팽 당하는 기분
왜? 내게 이런 아픔을 줄까

딱딱하고 퉁명스럽게
전화 속의 목소리는 먼저 끊는다
쌩한 목소리
평생 영영 잊지 못하리

보슬비

보슬비가 내리네
온 천하에 내리네
새악시
치맛자락 날리듯
살포시~
소리 없이 내리네

내 어깨에 메인
고운 색깔의 스카프 위에 내리네
소리 없이 내려도
어느덧 내 고운 스카프와
옷은 흠뻑 젖어 있었네

소리 없이 내리는 보슬비라도
비는 그렇게 천지에 스며드는 것이네
온 천지를 적시는 것이라네

너와 나의 행복

너와 나, 나와 너
같이 공존하는 이 사회 속에서

가난과 부유함
굶주림과 배부름
상실감과 분노
박해와 칭찬이
그림자처럼 함께 존재한다

행복한 사람들은
하느님께서 채워주실 수 있지만
이미 풍족하고 만족한 삶을 사는 사람들은
하느님께 채워질 여백이 적은지도 모른다

너와 나, 나와 너
우리는 빵만으로 사는 존재가 아니다
주님의 오묘한 진리의 말씀으로
마음의 허기를 채우며 살아가자

산사 가는 길

가볍게 가방을 메고
산사 가는 길
힘겨웠던 세상의 때
훌훌 털어 버리고
속세의 공허함을 채우며
또 하루하루를 살기 위해

산사 가는 길
산 언덕 고개를 넘고
산골짝 물이 졸졸졸
청량하고 시원한 바람

이름 모를 열매들
잘 익은 도토리 여기저기 뒹군다
이산 저산, 가을의 단풍 색깔들
황홀한 경치 속에서
풍성한 산길을 오가며 걷는 행복
그것이 바로 산사 가는 행복이다

역시 산사 가는 길은
내가 찾은 천국 가는 길

조금 쉬었다 가세요

언덕 고갯길
짐을 지고 힘겨워하는 사람들
손수레를 밀며 숨이 차 헐떡이며 언덕을 오른다

사람들에게 언덕은 무엇일까
각각의 인생에서
그 언덕은 고난의 순간들이기도 하다
힘겨운 저 언덕을 넘으면
평안한 들판이 있을까
그러나 또 다른 언덕이 기다리고
평지는 그 뒤에 나타난다
이렇게 우리는 인생의 언덕을 넘으며 살아간다

언덕을 만났을 때
급히, 힘겹게 넘으려 하지 말고
잠시 숨을 고르고
조금 쉬었다 가세요
조금 쉬며 마음을 다잡고 넘어가세요
그리하다 보면
언덕은 결국 넘을 수 있죠

반백이 지나
석양 앞에서 긴 한숨을 내쉬며
이렇게 힘겹게 언덕을 넘어
한 세상을 살아왔다는 걸 알게 된다

내 청춘은 덧없이 흘러갔지만
그래도 남은 인생길에서
고운 석양빛을 맞으며
평안을 찾으리

천사의 향기

혼자서 발버둥치며 욕심을 내고
남에게 상처를 주며
'나 못남을 탓하며' 세상 모든 것을 욕심내는 동안
세상이 다 그대들의 몫이 아니란 걸 잊고 살았네

이 세상의 삶에 잘못이 있다면
먹구름을 껴안지 말고, 그냥 보내버려 보세요

그 사람들의 못난 마음을
네 몫으로 안고
그 마음의 그릇에 담아 보세요
그게 다 네 몫입니다

진정, 천사를 닮아가는 모습이
선한 사람의 마음이지요
원래 이 세상에 내 것은 하나도 없지요

그런 마음을 가진 당신은
천사의 향기를 뿌리는 사람
진짜 사람 냄새가 나는 선한 사람이지요
사람이 변해 천사로 환생한다면
그런 사람이 바로 당신일 겁니다

제3부
세상에서 제일 귀한 사랑

세상에서 제일 귀한 사랑

사랑은 아름답다 – 장미꽃 백만 송이보다 더
사랑은 부드럽다 – 포근한 목화송이처럼
사랑은 뜨겁다 – 활화산보다 더 격렬히
사랑은 달콤하다 – 솜사탕처럼 입안 가득히 퍼지고
사랑의 깊이는 저울로도 헤아릴 수 없을 만큼
깊고도 깊다

애틋한 부부의 사랑
한없이 베푸는 부모와 자식의 사랑
서로를 의지하는 형제의 사랑
남과 여, 연인의 사랑
스승과 제자의 사랑, 그 모든 사랑들

그런 사랑 속에서
나는 살아본 적이 있었던가
진정한 사랑의 의미를
내 삶 속에서 느껴본 적이 있었던가

자연 속의 삶

사그락사그락
한 걸음 한 걸음 낙엽 밟는 소리
조용히 걷는 산골
자연이 주는 오중주, 오케스트라

여러 가지 산새 소리
아름다움이 그지없고

풀벌레 소리 오묘하다
산골짝 물 흐르는 소리
어떻게 표현할까 졸졸졸졸

산속에서 나를 반기듯
시원하고 향긋하고 상큼한 공기
자연은 지상 최고의 낙원이다
나도 자연인이 되고 싶다그
렇게 살고 싶다

첫눈이 내리는 날

하얀 눈이 내리네요
온 천지에 쌓이네요
우리 지붕 위에도
하얀 쌀가루가 쌓이네요

하얀 쌀가루 떡가루였다면
우리 모두 배고파하는 이가 없었을 텐데

큰길 네거리에도 하얀 눈이 쌓여 있네요
하얀 눈이 정말 쌀가루였다면
우리 동네에 쌓인 가루들을 모아
배고픈 이들에게 죽이라도 쑤어주면 좋을 텐데

하나님
펄펄 내리는 흰 눈을
쌀가루로 만들어 주시면 안 될까요

봄날의 잔치

살랑살랑 봄바람이 흩날리며
바람을 일으킬 때마다
꽃향기가 온 천지에 마구 뿌려지고
한들한들 춤추듯 흘러간다

봄바람이 계속 불어오니
꽃비가 되어 무수히 날린다
우정의 꽃잎은 둥글게 말아쥐고
바람은 은은하게 퍼져가며
무성한 나뭇가지마다
노오란 햇살이 퍼지며
일곱 빛깔 무지개 향기가
라일락 향기로 물들어 간다

천지가 꽃으로 만발하고
각종 새의 울음소리 하나가 되어
찬란한 봄을 노래하며
오는 봄들은 젊은 날의
황홀한 봄날이어라

흩날리는 낙엽들

싱그럽던 초록빛 나뭇잎들
싸늘한 가을바람이 불어오자
갈색으로 물들기 시작하네

바람이 차갑게 스치면
나뭇잎들은 낙엽이 되어
우수수 떨어지고
나뭇잎이 모두 사라지면
앙상한 벌거숭이가 되는 나무

추운 겨울을
어떻게 견딜까 생각하며
속으로 기도해본다

"나무야,
지금은 옷을 몽땅 벗어
춥겠지만
이 겨울을 잘 이겨내면
따스한 봄바람이
너를 다시 찾아올 거야

그땐 초록과 연두의 옷을
환하게 입고
다시 세상을 빛내주렴"

세 살 버릇 여든까지

횡단보도 신호등 앞
빨간불이 파란불로 바뀌자
지팡이에 의지해 조심스레
한 발 한 발 내딛는다

옆에는 젊은 엄마 손을 꼭 잡은 작은 꼬마
남은 한 손을 번쩍 들고
천진난만하게 걷는 모습이
참으로 사랑스럽다

엄마 손을 잡고 있으니
이미 안전한데도
조기교육이 잘된 걸까
그 작은 손짓 하나가
세상을 더 따뜻하게 만든다

유치원에서 배웠을까
그 예쁜 행동이 참 고맙고
내 마음을 행복으로 채운다

래, 그렇게 바르고 정직하게
그리고 아름답게 자라다오
너희는 이 나라의 희망이니까

3살 아이에게도 배우는 법이라던데
나도 부끄럽지 않게
단정하고 올곧게 살아야겠다
젊은이들에게 본보기가 되는
어른으로 남아야겠다

내 인생

촉촉이 내리는 가을비
대지 위로 힘없이 떨어져 나뒹구는 낙엽들
지팡이에 몸을 의지한 채 병원을 드나들 때마다
귓가를 스치는 물음

"보호자가 없습니까?"

그 말
가슴을 찌르듯 아려온다
보호자가 없으면 위험하다는데
내게는 누구를 들이댈까

혼자라는 사실은
낙엽처럼 삶을 뒤흔든다
오늘도 떨어진 잎들을 밟으며
지팡이에 몸을 맡긴 채
텅 빈 골목을 지나간다

고독 속에서 고독을 씹으며
한 발 한 발

이것이 내 인생이라며
애써 비에 젖은 낙엽처럼
스스로를 달래본다

안개

안개는
엷은 비가 내릴 때
넓은 들판과 산언저리에서
뿌옇게 내려오는 그것
그게 바로 안개가 아닐까

새벽녘, 안개가 내리는 저편에서
누군가 왔다가 가는 모습이
희미해지며
안갯속으로 천사가
사라져 버렸다고 하는 걸까

햇빛이 비치기 전
뿜어져 나오는 아지랑이
너울너울 춤추며 감싸고
강가로 스며든다

안개는 그렇게
소리 없이
사라져 간다

꽃등을 아시나요?

동장군이 온 천하를 지배하며
세상을 꽁꽁 얼어붙게 한 겨울
그러나 정월이 지나자마자
한낮의 해님이
살짝 미소 짓자
헐벗은 나무들이
실눈을 뜨더니
빵

꽃술을 터뜨리며
눈 속을 헤치고
아름다운 꽃을 피워냈지요
추운 겨울의 한파 속에서
제일 먼저 시샘하듯
곱디고운 빛깔의 꽃을 피운
그 위대한 존재

그 이름 꽃등이라 불린답니다

꽃등아
고맙다
더 많이 피어나
온 세상을 꽃동산으로 물들이고
새들이 지저귀는
따뜻한 봄을
하루빨리 데려와 주렴

황혼의 나이

찍는 듯 무더운 여름이 지나고
파란 하늘에 높은 구름 시원한 바람
가을이 왔는가

파란 나뭇잎들이
노랑 빨강 색동으로 물들어가고
산천이 참 아름답다

아침 햇살에 비친 예쁜 단풍 색깔도 영롱하고
저녁 석양에 물든 단풍 색깔도 아름답다

해가 지고 달이 가면
단풍은 누렇게 늙어
나무에서 낙엽처럼 떨어지겠지
쓸쓸한 낙엽이란다

세상살이도 이렇게 저렇게 나이를 먹고
황혼을 맞이하며 석양이 비치는
낙엽 같은 인생은 정말 싫다

이 세상에서 제일 먼저 먹지 말아야 할 것은 '나'이다
그러나 인생사
흐름을 어이 막을 수 있을까

참여시인
박하영

소 나 기

번쩍
우르릉 쾅
콰과과광 우르르

쏟아지는 빗줄기에
순식간에 만들어진
도랑이 된 골목길

맨발에 찰박찰박
감겨오는 시원함

좁다란 오솔길 진흙 죽 되어
발가락 사이로 쏘오옥 디밀고
올라오는 말랑한 반죽

사라진 내 고향

설날 대보름 지나 입춘이 되어
눈 녹은 길 따라서
호미 들고 산으로
칡 캐러 가던 뒷동산

진달래꽃 피어나는
뒷동산에 올라서서
한 움큼씩 뜯어먹고 뛰놀았던 고을

꽃향기 흐드러진 아카시아꽃
새하얗게 송이송이 피면서 향기를 뿌리니
한 움큼씩 따서 먹으며
아카시아 잎사귀 한개 두개 떼어내기 가위바위보

황금들녘 익은 벼 논길 따라서
깡통 달아 흔들면서
참새야 오지 마라

하얀 눈 모아 모아 눈사람 장승
언덕배기 쌓인 눈에 물 뿌리어
미끄럼장 만들어진 동네 놀이터
해지는 줄 모르던 지난날들이 아련하네

지금은 사라진 나의 고향 청담고을

풍성한 가을

탐스러운 밤송이들 털어내며
밤 가시에 찔리면서 한알 두알 꺼내서 담고
성질 급해 떨어진 밤 한알 두알 주워 담아
순식간에 가득가득 채우고
토실토실 탱글탱글 알찬 올가을 밤 수확

고춧대에 매달린 나락고추를 따고
들깻잎도 한잎 두잎 따고
옛날 엄마 솜씨 생각하며
짭조름한 고추장아찌 맛난 깻잎장아찌

입 짧은 우리 식구들이
모두 좋아하겠지
무더운 여름이 가고 나니
풍성한 가을이 너무 좋다

알밤 한 소쿠리 쪄서 이웃에 나눠주고
생밤 한 톨 오독오독 씹으니
가을은 풍성한 날들

울긋불긋 동산에 단풍 벗 삼아
마른 낙엽 밟으며 바스락바스락
가을날의 풍경들이 너무 좋아라

귀한 내 보물

첫아이 키울 손탄 아이
눕히기 무섭게 응애 응애
귀하디귀한 내 보물

어머니 하신 말씀이
이 세상에 태어난 귀한 값을 하는구나
심하게 울어대도
백일이 지나면 좀 순해진단다

백일이 지나서 제법 방글방글 웃기도 하고
옹알옹알 나와 이야기도 하고
이 세상에 이런 보물이 어디 있노
마구 울어대고 보채고 하던 아가
내가 감당키 힘들어서 눈물이 핑 돌 때도
수십 번 애를 태우던 아가

지금은 어엿한 사려 깊은 청년이 되어
늙어가는 내게 든든한 기둥이 되어 있네

너도 결혼해서 네 아이를 낳아보면
에미가 얼마나 애를 태우며
참고 또 참고
내 목숨같이 귀하게
너를 키운 줄 알 거야
잘 커져서 고맙다
나의 보물들!

뚝섬 나루터

학교를 가려고
회사를 가려고
농사지은 푸성귀
가득 실은 짐차도 장에 가려고

하나하나 모여들어
어느덧 북적북적
시끌시끌 대는 나루터

안개가 자욱한 날 뿌연 안갯속에
노 젓는 사공 아저씨
이른 아침 한강에 찬 공기 헤치며
한참을 가다 보면 광나루
이리저리 헤매다 겨우 닿은 나루터

학교를 늦었어도
회사를 늦었어도
그때 그 시절의
뚝섬 나루터 추억

감성을 부르는 가을

또르르르
또 하나의 낙엽이 구른다
바스락바스락
거리의 낙엽들
바람 따라 흩어진다

한때 푸르름을 자랑하던
싱그러웠던 잎사귀들
내년을 기약하며
떨어짐의 순리 순응?

우리의 인생도
한때 싱그런 전성기가
있지 않았던가

과수원

어릴 때 엄마 따라
가던 과수원

복숭아나무들 옆 울타리에
익은 산딸기
두 손 가득 따다가

엄마가 따다 준 호박잎 접시
높다란 원두막에
올라앉아서
복숭아 산딸기 익어가는

재 너머 과수원

김장풍경

단풍잎 곱게 물드나 했더니
어느덧 낙엽 되어 흩어지고
찬 바람 불기 시작하면
또 하나의 겨울나기 준비를 한다

겨울맞이 연중행사
뭐니 뭐니 해도 긴 겨울준비는 김장이다
어릴 적 이집 저집에서 김장을 하느라
왁자지껄 맛자랑이 한창이던

엄마랑 형제들과 서로서로
배추에 각종 양념
누가 더 맛깔나게 하나
솜씨 내보던

엄마의 맛 흉내 내며 소담히 담겨진
김치를 보면서
뿌듯함도 있고
그리움도 올라온다

구르는 낙엽

또르르르르
또 하나의 낙엽이 구른다
바스락 바스락
거리의 낙엽들
바람 따라 흩어진다

한때 푸르름을 자랑하던
싱그러웠던 잎사귀들
내년을 기약하며
떨어진의 순리 순응?

우리의 인생도
한때 싱그런 전성기가
있지 않았던가

마당의 추억

우리 집 마당은 세 개
대문밖에 큰 마당, 안에 있는 안마당
기다란 기와집 뒤채에 뒷마당

엄마가 깔아 놓은 멍석에서
실뜨기도 하고 푸른 하늘 은하수
마주 앉아 하던 손 치기 놀이
엄마가 쪄내온 옥수수 감자

저녁엔 식구들이 둥그렇게 둘러앉아
둥그런 수박 속 빨간 살 파서 먹고
남은 살 긁어내어 설탕 넣어 먹던 곳

뒤뜰 우물가
동네 아줌마들 놀이터가 됐던 곳
빨래하고 설거지하고
라디오 연속극 얘기에
시간 가는 줄 모르고 구경도 하던 우물가

김일 레슬링 하는 날엔
티브이 마당에 내어놓고 보던 곳
우리 집 마당은 동네 잔칫날

박치기 한 번에
와아~
막걸릿잔 춤추던 우리 집 마당

추 석

추석이 왔어도
너무나 더웠던 나날

추석의 추억은
맛있는 음식이 온 집안에 널려있고
솔잎 넣어 찐 송편도 색색이
때때옷 입고
친구들과 손에 손잡고
달 보며 강강술래 빙빙빙

산등성이 올라가
떠오르는 달을 보고
소원을 빌던
신났던 추석

올해의 추석은 몸살이 따라와
달 대신 전등불만 보며
아프게 보낸 한가위